LES ESPIÈGLERIES

DE GEORGET.

—

5e SÉRIE IN-12.

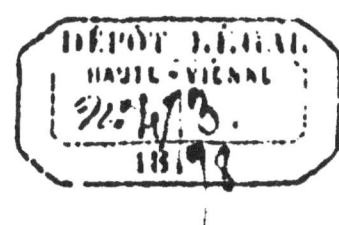

LES
ESPIÈGLERIES

DE GEORGET

PAR Mme ANAÏS FILASTRE

DEUXIÈME ÉDITION.

LIMOGES
EUGÈNE ARDANT ET Cie, ÉDITEURS.

LES ESPIÈGLERIES

DE GEORGET.

---◦─❈❭─◦─ ─

CHAPITRE Iᵉʳ.

CE QU'ÉTAIT GEORGET.

Georget était le fils d'un brave fermier de la
Normandie, c'était un enfant plein de gentillesse
et de vivacité, mais d'une étourderie et d'une tur-
bulence extrèmes. Sa mère, la bonne Madeleine, se
désolait de le voir ainsi. Il n'était sortes de réprimandes qu'elle ne lui fît chaque jour ; mais c'était
peine perdue, Georget, au bout d'un instant n'y
pensait plus, et recommençait ses diableries, sans
se préoccuper le moins du monde de la peine qu'il
faisait à ses parents, et des dangers auxquels l'exposait sa désobéissance. Cent fois il avait failli être
écrasé, rôti ou noyé ; et chacun regardait comme
un miracle qu'il fût arrivé à l'âge de neuf ans,
avec la possession de ses deux yeux et de ses quatre membres.

Il est vrai que jusqu'alors sa mère n'avait pu se résoudre à le perdre de vue une heure seulement, dans la crainte qu'un accident ne lui arrivât pendant son absence. C'était une bien grande sujétion pour cette pauvre femme, obligée de se livrer du matin au soir à des travaux qui lui rendaient cette surveillance très difficile.

Aussi, Georget était-il habile à profiter de la moindre distraction de sa mère pour se livrer à ses jeux favoris. Etait-il aux champs avec elle, il disparaissait tout-à-coup, et on le retrouvait, soit dans un fourré cherchant des nids de hérissons, soit sur un arbre dénichant des oiseaux, ou bien s'assurant si les pommes étaient mûres. Il ne revenait guère de ces expéditions sans que ses vêtement fussent en lambeaux, bienheureux quand sa peau ne l'était pas aussi. Etait-il au logis, il se créait d'autres amusements : comme de tirer la queue ou les oreilles au chat qui dormait paisiblement au soleil. Celui-ci, réveillé mal à propos, et d'une façon peu de son goût, commençait par pousser de sourds miaulements, comme pour avertir Georget que ce jeu lui déplaisait; et lorsqu'il y mettait trop d'obstination, il finissait par le gratifier de quelques bons coups de griffes. Georget alors se rabattait sur Médor, dont la patience héroïque ne se démentait jamais; aussi notre petit bonhomme en usait-il de son mieux : monter à cheval sur son dos, lui sortir de la gueule les os qu'on lui donnait; enlever son écuelle lorsqu'il voulait manger; lui fermer la porte lorsqu'il désirait sortir; le tracasser lorsqu'il avait besoin de repos; tels étaient les tourments que Georget faisait subir au pacifique animal sous prétexte de se divertir. Heureuse était la pauvre bête lorsque Jacques ou Madeleine étaient là pour le délivrer des importunités de leur fils.

— Georget, lui disait-on, si tu faisais cela à un autre chien, il te mordrait, et tu le mériterais assurément. On ne doit jamais tourmenter les animaux, ni les faire souffrir inutilement. Tu vois ce qui te revient d'agacer le chat, qui, moins patient que Médor, t'égratigne les mains et le visage; quelque jour il t'arrachera les yeux, et ce sera ta faute. Georget promettait de ne plus le faire, puis il recommençait un instant après.

Un autre jeu, fort de son goût, c'était, lorsque sa mère donnait à manger aux poulets, de se glisser au milieu d'eux, et de leur prendre le grain sous les pattes, ou bien de courir après les poules pour attraper leurs poussins. Il avait déjà reçu de nombreux coups de bec sur les doigts de la part des mères alarmées, sans que cela l'eût corrigé, lorsqu'un jour le coq, irrité de l'audace de ce petit garçon qui ne cessait de mettre le trouble et l'émoi dans sa famille, le coq lui sauta hardiment sur les épaules et lui donna des coups de bec sur la tête et sur le visage avec tant de violence, que si Madeleine n'était accourue à ses cris, il lui aurait sans nul doute percé la tête comme un crible. Georget, dans sa colère, voulait qu'on tordît immédiatement le cou à cette méchante bête; mais sa mère lui fit observer qu'il était le seul coupable ; que le coq n'avait fait que se défendre contre lui, et venger la volaille de ses taquineries incessantes. Vois-tu, lui dit-elle, qu'il fasse mal à d'autres qu'à toi ? Non, sans doute ; pourquoi cela ? parce que nous les laissons tranquilles, et qu'au lieu de les tourmenter, nous prenons soin d'eux. J'espère que cette leçon ne sera pas perdue pour toi, et que les trous que tu as à la tête aideront à t'en souvenir. Georget pleura beaucoup parce que la tête lui faisait mal ; il promit à sa mère de ne plus tracasser les oiseaux de la basse-cour ; puis il se consola en pensant qu'il trouverait d'autres moyens de se divertir.

Quelques jours plus tard, il se promenait tout pensif dans le jardin, cherchant dans son esprit quelque moyen de se distraire agréablement. Son père lui avait défendu de sortir de l'enclos, et lui avait commandé d'arracher de mauvaises herbes qui croissaient parmi des salades. Cette occupation ne lui souriait guère ; aussi, après avoir arraché d'une main distraite quelques brins d'herbe, notre jeune garçon porta ses regards sur des ruches placées dans un coin du jardin, autour desquelles bourdonnaient joyeusement de laborieuses abeilles, allant et venant chargées du suc des fleurs avec lequel elles composent leur miel. Georget aimait beaucoup le miel, et depuis longtemps sa mère ne lui en avait pas donné, parce que la provision se trouvait épuisée.

— Attends, lui disait-elle, que le moment soit

venu de vider les ruches, et tu en auras en abon-
dance. Mais Georget trouvant que ce moment était
bien long à venir, résolut de s'assurer par lui-
même de l'état des choses et du travail des abeilles.
Peu soucieux de la recommandation qui lui avait
été faite plusieurs fois de ne pas approcher des ruches, afin de ne pas s'exposer à être piqué par
leurs habitantes, Georget s'arma d'un bâton et se
mit à fourgonner dans l'une d'elles pour en retirer
un peu de miel. Mais voici que les abeilles furieu-
ses sortent en bourdonnant de leur demeure, et se
précipitent sur l'imprudent petit garçon qu'elles
s'efforcent de piquer de leurs dards. Celui-ci se
voyant environné de tant d'ennemis, cherche son
salut dans la fuite, ayant soin de cacher son visage dans ses mains pour se soustraire à leur vengeance. Mais il eut beau courir, elles allaient plus
vite que lui. Il les entendait bourdonner autour
de sa tête et se sentait piqué partout où elles pouvaient l'atteindre. La douleur lui arracha des cris, et
il se roulait par terre en appelant à son secours. Son
père, qui travaillait près de là, s'empressa d'ac-
courir, se doutant que son fils était de nouveau
victime de quelque désobéissance. Il vit bientôt de
quoi il s'agissait, et prenant son mouchoir, il l'a-
gita dans l'air, ce qui mit les abeilles en fuite. Il
ramassa alors son fils, qui continuait de se rouler,
et l'emporta chez lui, criant et pleurant, car ses piqûres le faisaient beaucoup souffrir.

— Cela t'apprendra, lui dit Jacques, à tenir
compte des avis que l'on te donne. Ne t'avait-on

pas défendu de toucher aux ruches? Le bon Dieu
te punit de ta désobéissance : chaque jour t'apporte une nouvelle leçon, cela devrait te rendre
plus docile et moins étourdi. Vois que de maux tu
t'épargnerais si tu profitais des conseils que ta mère
et moi ne cessons de te donner. Tous les accidents
qui t'arrivent, nous te les avons prédits, en t'enseignant le moyen de les éviter; mais tu ne nous
écoutes pas, tu te laisses toujours aller aux idées
qui te passent par la tête, il est juste que tu en
subisses les conséquences.

Pendant que Jacques réprimandait si justement
son fils, Madeleine lavait ses blessures et tâchait
d'en extraire les morceaux de dards qui rendaient
les piqûres plus douloureuses encore. Georget avait
le visage si gonflé, qu'on ne voyait plus ses yeux,
sa tête était grosse comme une citrouille, la fièvre
le prit; il fallut le mettre au lit, où pendant deux
jours entiers il maudit les abeilles, tout en s'avouant qu'il avait eu tort de les agacer.

CHAPITRE II.

QUE FERA-T-ON DE CET ENFANT.

Que ferons-nous de cet enfant? dit un jour Jacques à sa femme, voici qu'il a neuf ans; combien
d'autres enfants de son âge se rendent déjà utiles à

leurs parents, tandis que Georget ne fait que nous
donner de l'inquiétude et de l'embarras, à cause de
la surveillance continuelle qu'il faut exercer sur
lui. Cependant, nous ne pouvons pas le garder toujours près de nous; nous ne sommes pas des
bourgeois, il nous faut travailler pour gagner notre pain, et notre fils doit être élevé au travail
comme nous. J'entends qu'à l'avenir Georget s'oc-
cupe comme les autres enfants de son âge, et qu'il
aille seul garder les moutons; cela nous dispen-
sera d'avoir un berger.

— Y penses-tu, mon ami? s'écria Madeleine; envoyer Georget aux champs loin de nous une partie de la journée! Mais dès le premier jour on nous
le rapportera mort ou estropié! sans compter tous
les inconvénients qui peuvent en résulter pour
nous, s'il vient à laisser aller les brebis où il ne
faut pas; tu sais combien il est tracassier, étourdi,
turbulent. Au lieu de veiller sur son troupeau, il
ne songera qu'à se divertir, et je ne voudrais pas
promettre qu'il ne l'abandonnât au milieu des
champs pour aller n'importe où.

— A ce compte, ma pauvre femme, il faudrait
que notre fils restât cousu à tes jupons jusqu'à sa
majorité, cela ne peut pas être; je ne le souffrirai
pas. J'ai cédé jusqu'à présent à tes prières afin de
ne pas t'affliger; mais puisque ni les conseils ni
les leçons que Georget reçoit chaque jour ne peuvent le corriger, je vais m'y prendre d'une autre
manière. Désormais, chaque fois qu'il lui arrivera
un accident par sa faute, j'y ajouterai une bonne

unition. En attendant, puisque tu crains de l'envoyer seul aux champs, je veux qu'il aille à l'école ; et les jours de vacances, j'entends qu'il ait une occupation quelconque, parce que l'oisiveté ne fait que développer ses défauts.

Jacques raisonnait fort bien et en sage père ; mais Madeleine, qui n'avait que ce fils, le gâtait un peu. La pauvre femme était toujours dans l'inquiétude quand Georget était loin d'elle, il lui semblait à chaque instant qu'on allait le lui rapporter mort. Elle pensait aussi qu'une simple réprimande ajoutée aux punitions naturelles que l'enfant trouvait dans ses désobéissances, suffirait avec le temps pour le corriger tout-à-fait. Cependant, comme elle avait beaucoup de déférence pour son mari, elle consentit de bonne grâce à ce qu'il fût envoyé en classe, et promit de l'occuper à son retour. Jacques, sans perdre de temps, se rendit chez le maître d'école pour lui recommander son fils et prendre les arrangements nécessaires. En rentrant à la ferme, il appela Georget, lui annonça que le lendemain il ferait son entrée à l'école du canton, et lui fit toutes les recommandations qu'il jugea convenables. Notre petit bonhomme ne fut pas d'abord trop charmé de cette décision ; mais comme il vit que son père n'était pas d'humeur à changer d'avis, et que sa mère elle-même y était bien résolue, il comprit qu'il n'avait rien de mieux à faire que de se soumettre. D'ailleurs, la pensée qu'il trouverait là de nombreux camarades, avec lesquels il pourrait s'amuser, fit qu'il sacrifia sans trop de regrets quelques heures de liberté, se promettant bien de mettre à profit celles qui lui resteraient. Jacques et Madeleine furent ravis de la docilité de leur fils, et ils en conçurent les plus douces espérances pour l'avenir. Nous allons voir si elles étaient fondées.

CHAPITRE III.

GEORGET A L'ÉCOLE.

Le lendemain, Georget partit, muni d'un petit panier dans lequel sa mère avait eu soin de mettre une galette toute chaude, du beurre et d'excellents fruits pour son déjeuner, ce qui parut charmant à notre petit bonhomme. Il s'en alla donc gaiment, sans trop allonger son chemin ni s'arrêter en route. Pendant quelques jours, tout alla assez bien. Georget, qui connaissait un peu ses lettres, n'eut pas grand'peine à achever de les apprendre. Seulement, les jambes lui démangeaient quelquefois, et le maître se vit souvent obligé de lui rappeler qu'à l'école l'usage était de se tenir assis sur son banc, et non debout ou couché. Le trajet de l'école à la ferme s'était fait pendant huit jours sans le moindre retard et sans la plus petite aventure. Jacques et sa femme se réjouissaient, lorsqu'un soir, Georget traversant avec ses cama-

rades un jardin dans lequel se trouvait une citerne, fit le pari de la sauter à la course. Ceux-ci
eurent beau lui représenter qu'il s'exposait à y tomber, Georget ne les écouta pas. Désireux de montrer son adresse et sa légèreté, il prit son élan, et
sauta de façon à tomber juste au beau milieu de la
citerne, qui en ce moment contenait plus d'eau
qu'il n'en fallait pour le noyer. Aux cris poussés
par ses compagnons, des hommes accoururent.
L'un d'eux descendit au moyen d'une échelle dans
la citerne, et en retira notre héros à moitié as-
phyxié, car il avait fallu du temps pour se la pro-
curer, et si ses camarades ne lui eussent tendu
une longue perche qui servait à descendre les ar-
rosoirs, ce qui l'aida un peu à se soutenir sur l'eau,
il se serait infailliblement noyé; on le rapporta
chez lui enveloppé dans une couverture. Jugez de
l'émoi de la pauvre Madeleine! Elle le coucha dans
un lit bien chaud et le soigna de son mieux, elle
eût voulu cacher à son mari cette nouvelle prouesse
de leur fils, redoutant pour lui la punition dont il
l'avait menacé; mais cela ne lui fut pas possible,
et le lendemain, qui était un dimanche, Georget se
trouvant tout-à-fait remis de son bain forcé, son
père, après l'avoir emmené avec lui à la messe, le
renferma pour le reste de la journée dans le gre-
nier, où il n'eut que du pain et de l'eau pour se ré-
galer à dîner.

Quinze jours s'étaient à peine écoulés, que Georget, trouvant on ne peut plus insipide de tenir
toute la journée un livre à la main, et d'écouter

parler le maître sans pouvoir placer son petit mot, résolut de se donner quelque distraction pour rompre la monotonie de la classe. Au lieu d'étudier son syllabaire, il chercha dans sa cervelle ce qui pourrait le mieux lui servir de passe-temps. Il faut dire qu'il n'était jamais embarrassé pour cela ; seulement il comptait sans les punitions, auxquelles il se flattait toujours d'échapper. Un jour, il s'amusait à sculpter le banc avec son couteau, ce qui lui valait d'être mis à genoux au milieu de la classe. Le lendemain, pendant que le maître expliquait aux grands une leçon de géographie, toute une rangée d'écoliers se levait à la fois en poussant des cris et des éclats de rire : c'était monsieur Georget qui, ayant attrapé un lézard gris, l'avait roulé dans son mouchoir, et venait de le lâcher sur les genoux de ses condisciples ; ou bien encore, c'était une cinquantaine de hannetons qu'il avait sournoisement jetés sous le banc, et qui tous à la fois prenaient la volée avec des bourdonnements étourdissants. Il fallait alors interrompre la leçon pour faire la chasse au lézard ou aux hannetons, ce qui mettait le trouble dans la classe. Toute la journée on entendait, tantôt dans un coin, tantôt dans l'autre, des chuchotements et des rires étouffés, qui prouvaient assez que le souvenir des hannetons était plus présent à l'esprit que celui de la leçon expliquée.

Monsieur Georget avait été mis quatre fois au pain sec pour ce genre de distraction ; ce régime n'étant pas de son goût, il résolut de varier ses

amusements, dans l'espoir de varier aussi les pé-
nitences ou de les rendre nulles.

— Monsieur ! faites finir Georget, qui ne cessa
de me chatouiller, disait l'un en pouffant de rire.

— Monsieur! faites finir Georget, qui me met
les mains sur les yeux pour m'empêcher d'étudier,
disait un autre.

— Monsieur ! criait un troisième en s'agitant
sur son banc, faites finir Georget, qui me jette du
sable dans le dos !

Georget ainsi accusé à l'unanimité, se voyait
condamné à se tenir debout près du magister, auquel il faisait la grimace en attendant l'occasion de
lui faire une malice.

Je n'ai pas besoin de vous dire que si Georget
trouvait le moyen de se distraire, il ne trouvait pas
celui de s'instruire. Aussi était-il le plus ignorant
de sa classe, comme il en était le plus dissipé. Son
père, instruit de sa conduite, l'avait grondé et puni
bien souvent ; mais, nous l'avons dit, Georget était
incorrigible. Il promettait tout ce qu'on voulait,
et le lendemain il n'y pensait plus.

Il ne se passait pas de jour sans qu'il eût le bonnet d'âne ; une fois même, qu'il s'était montré plus
ignorant que jamais, le maître résolut de le renvoyer chez lui avec cette coiffure, espérant que la
honte de cette punition le rendrait plus attentif à
l'avenir. Georget pleura, et fit tout ce qu'il put pour
obtenir son pardon, car il craignait son père, et redoutait de paraître devant lui avec cette preuve du
mécontentement de son maître ; mais celui-ci per-

sista d'autant plus qu'il vit que la punition lui était sensible. Il faut, se disait-il, dompter ce petit garçon, sans quoi, il ne fera jamais rien qui vaille et deviendra une source de chagrin pour sa famille. Il le fit donc partir, escorté de deux grands chargés de veiller à ce que le bonnet demeurât sur sa tête; d'ailleurs on lui avait attaché les mains pour l'empêcher de s'en débarrasser.

Georget dut traverser le bourg et plusieurs villages avec cet accoutrement, et comme tout le monde le connaissait, on se moquait de lui, on riait de sa piteuse figure, et des enfants le suivaient en imitant le braiement de l'âne. Arrivé près de sa demeure, il se jeta par terre, s'y roula, et fit tout ce qu'il put pour se débarrasser de son bonnet; ce fut peine perdue, il lui fallut se présenter chez lui ainsi coiffé, et subir les reproches de son père, dont la sévérité croissait chaque jour. Madeleine elle-même, voyant que son fils ne se corrigeait pas, n'était plus si indulgente pour lui, et ne s'opposait plus aux punitions paternelles.

Durant la semaine suivante, tout alla passablement et l'on put croire que la dernière punition n'avait pas été sans effet. Georget lisant presque couramment les mots qu'il avait si longtemps épelés, fut jugé capable d'entrer dans la classe d'écriture; mais il se fût bien passé de cet honneur : c'était pour lui un travail de plus, et il ne redoutait rien tant que de s'appliquer à quelque chose. Quel ennui pour lui de tenir une plume entre ses doigts, et de tracer des barres et des lettres !

— A quoi bon cela? se disait-il, que c'est en-
nuyeux !

Et au lieu de copier ses exemples, il faisait des
boules de papier avec les feuilles de son cahier, et
les jetait sur le nez de ses voisins ; une autre fois,
il leur donnait des coups de coudes pour leur faire
faire des crochets, leur barbouillait la figure d'encre ou se traçait des moustaches, et se contorsion-
nait de mille manières qui faisaient pouffer de rire
les autres écoliers et les empêchaient de s'appliquer à leurs devoirs.

Un tel état de choses ne pouvait durer. L'insti-
tuteur, fatigué de réprimander et de punir en pure
perte ce petit vaurien qui mettait le désordre dans
sa classe, résolut de le rendre à sa famille.

Ce fut une grande affliction pour Jacques et sa
femme de voir leur fils honteusement chassé de
l'école. Ils se demandaient ce que serait cet enfant,
privé de l'instruction nécessaire à son état, et grandissant avec des défauts dont rien ne pouvait le
corriger. Pendant qu'ils se désolaient, Georget, lui,
se regardait comme le plus heureux des enfants,
puisqu'il était rendu à la liberté et affranchi de
l'école.

— Quel bonheur, pensait-il, et comme je vais
m'amuser!... Mais il comptait sans son père.

Jacques était un homme d'une volonté ferme, il
avait pour son fils toute la tendresse d'un bon père,
mais précisément parce qu'il l'aimait, il voulait
son bien. Il prit donc la résolution de ne rien épar-

gner pour le corriger, et détruire en lui des défauts qui pouvaient faire le malheur de sa vie.

— Madeleine, dit-il à sa femme, Dieu, en nous donnant un fils, nous a fait un devoir de l'élever en bon chrétien, et d'en faire un homme utile et capable de gagner à son tour son pain et celui de sa famille. Comment le fera-t-il s'il continue de se livrer à la dissipation et à la paresse? Tu espérais qu'en grandissant il deviendrait plus docile, moins turbulent, plus appliqué au travail; je partageais jusqu'à un certain point ton espoir; mais les années s'écoulent sans apporter d'amélioration dans le caractère de notre enfant; au contraire, ses défauts, en se développant, en engendrent d'autres; et Dieu sait ce qui arriverait si nous ne mettions un terme à cela.

Puisque Georget s'est fait renvoyer de l'école et qu'il se prive par sa faute de l'instruction que je voulais lui faire donner, je ne veux pas qu'il passe ses jours dans l'oisiveté, ni qu'il jouisse de la liberté qu'il croit s'être procurée en sortant de l'école. Puisqu'il ne lui plaît ni de lire ni d'écrire, il aura désormais à travailler la terre avec nous et comme nous; nous mesurerons le travail à ses forces; mais il travaillera, et peut-être parviendrons-nous ainsi à dompter son imagination et à le corriger de ses défauts.

Madeleine approuva le raisonnement de son mari, elle promit de se conformer à ses désirs, et de seconder ses vues.

CHAPITRE IV.

GEORGET N'EST PLUS ÉCOLIER.

Qui fut surpris le lendemain, ce fut Georget, lors-que son père partant avec ses bœufs pour le labour, chargea son fils d'un instrument aratoire, et lui dit de le suivre aux champs.

La journée promettait d'être brûlante, et Georget eût bien préféré rester à l'ombre que d'aller travailler en plein soleil comme son père. Il regarda sa mère, pensant qu'elle allait s'opposer à son départ ; mais Madeleine ne souffla mot, elle se contenta de donner à son fils un large chapeau de paille pour le garantir des ardeurs du soleil, et le laissa partir.

Georget dut sarcler la terre jusqu'à midi. Il revint alors au logis prendre son repas ; puis après une heure de repos, il fallut repartir jusqu'au soir.

Le lendemain, même besogne, le surlendemain ce fut un autre genre de travail, moins pénible, mais tout aussi absorbant. Il passa la journée à retourner de l'herbe avec sa mère pour la faire sécher ; il est vrai que, le soir, il avait la satisfaction de revenir assis en triomphe sur une meule de foin odorant, traînée par les bœufs ; mais ce n'était pour lui qu'une faible compensation du travail presque continuel qui lui était imposé.

Il commençait à regretter l'école, les jeux avec ses camarades, les petits loisirs qui lui étaient laissés, et qu'il savait si bien mettre à profit.

Avec ce genre de vie, il n'y avait pas moyen de donner carrière à son imagination ni de mettre en pratique ce qu'elle lui suggérait, car il était rarement seul durant la semaine. Les dimanches, il avait un peu plus de loisir. Après les offices, auxquels il assistait avec son père et sa mère, on lui donnait la permission de s'ébattre à son aise, mais sans trop s'éloigner.

Il y avait deux mois que Georget suivait ce nouveau genre d'exercices. Dire qu'il obéissait toujours de bonne grâce, et que son travail ne laissait rien à désirer, ce serait un peu trop s'avancer. Il y avait bien de temps en temps quelques réprimandes à lui faire pour de petites escapades auxquelles l'entraînait son naturel, mais Jacques savait joindre l'indulgence à la sévérité, il savait qu'on ne se corrige pas entièrement du jour au lendemain ; il prenait donc patience, et continuait de surveiller son fils et de l'occuper utilement.

Les choses en étaient là, lorsqu'une jeune servante de la ferme, dont l'occupation principale était de mener paître les moutons ou les oies, vint à tomber malade ; on songea à Georget pour la remplacer jusqu'à sa guérison. Madeleine crut son fils assez raisonnable pour pouvoir lui confier sans crainte la garde d'un superbe troupeau d'oies qui faisaient son orgueil.

Pendant quelques jours, elle n'eut qu'à se félitiler de sa confiance. Aussi, disait-elle en secret et toute joyeuse à son mari :

— Vois comme notre fils devient sage, et commence à nous rendre de petits services ? Et Jacques lui répondait :

— Attendons encore un peu avant de nous réjouir ; la sagesse ne pousse pas aussi vite que les champignons.

Nous allons voir si Jacques avait raison de parler ainsi.

Georget, dont l'imagination se trouvait en vacances pendant que ses yeux seuls étaient occupés à veiller sur ses oies, cherchait dans ses souvenirs ce qu'il avait pu faire, voir ou entendre de plus divertissant. Soudain, il lui revient dans la mémoire un conte que lui avait lu un de ses camarades, *un savant.* Il s'agissait de la fée *Merveilleuse*, qui, un jour, fit cadeau à un jeune prince son filleul d'un char attelé de deux autruches, lesquelles allaient comme le vent. Georget avait vu la belle image enluminée, représentant le jeune prince dans son carrosse. Une seule chose l'avait frappé, c'était ces coursiers emplumés. Comment des oiseaux pouvaient-ils traîner une voiture ? et comment ne s'en servait-on pas dans son pays ?

Georget était peu au courant du pouvoir surnaturel que l'on prête aux fées ; et il ne se rendait aucun compte de la force ni de la grosseur d'une autruche. Il n'en avait jamais vu, et l'image qui les lui avait représentées n'avait fait nulle impression sur son esprit; quant à la forme, il n'avait vu qu'un volatile, et rien de plus.

— C'est drôle tout de même, se dit-il, d'être traîné par des oiseaux ! ce doit être amusant.....
Tout-à-coup, se frappant le front : Une idée, dit-il, oh ! la bonne idée ! et comme je vais m'amuser !!
Quel dommage qu'il faille attendre à demain pour la mettre à exécution! Les heures s'écoulaient lentement au gré de Georget, qui, lorsqu'il avait une idée en tête, ne tenait plus en place. Enfin, le soir arriva, et notre petit bonhomme, après avoir ramené ses oies à la basse-cour, trouva le moyen de s'éclipser aux yeux de ses parents, et se glissant dans une grange où se trouvaient divers objets dont on se servait rarement, il y prit une petite caisse carrée qu'il courut cacher derrière une haie où il devait la retrouver le lendemain en allant aux champs ; puis il revint à la ferme, et se mit à fureter dans un sac où sa mère serrait son ouvrage de couture. Il en sortit une pièce de ruban de fil roux, qu'il mit dans une de ses poches ; dans l'autre, il plaça une vrille qu'il avait prise à son père, et s'en vint radieux se mettre à table, où il mangea comme quatre.

CHAPITRE V.

UNE IDÉE DE GEORGET.

Le lendemain, Georget attendit avec impatience l'heure de mener paître ses oies. Elle arriva pourtant, cette heure désirée.

Madeleine rassemblant ses volatiles, les regardait avec complaisance : Voici bientôt l'époque de les vendre, se disait-elle, nul fermier dans le pays n'en a d'aussi belles que les miennes. J'espère en retirer un bon prix qui nous servira d'appoint pour payer notre fermage ; ainsi pensait la brave fermière.

Il y avait surtout dans le troupeau deux oies si belles, qu'elles surpassaient toutes les autres par leur taille et leur embonpoint. Madeleine les fit remarquer à son fils, et l'expédia en lui recommandant de bien veiller sur elles.

Georget le lui promit, et s'en alla avec ses bêtes vers le lieu où il avait caché sa caisse. Il la mit sur sa tête, et se dirigea vers une terre assez éloignée de sa demeure pour être hors de la portée des regards de ses parents. Arrivé là, il s'assit, et commença de mettre à exécution son ingénieuse idée.

— Et moi aussi, dit-il, j'aurai un char attelé de deux autruches, et je me ferai promener jusqu'à ce

soir autour du pré. Là-dessus il se mit à travailler
avec ardeur à la confection de son *carrosse*; ce qui
ne fut pas très long, vu qu'il n'y mit pas beaucoup
d'art. Il se contenta de faire sur le devant deux
trous avec la vrille. Dans ces deux trous, il fit passer les deux bouts du ruban qu'il avait pris à sa
mère, les noua en-dedans; voilà les brancards. Le
plus difficile restait à faire, c'était d'atteler les coursiers ailés à ce char primitif, ou plutôt à ce trai-
neau; car Georget ne jugea pas indispensable d'y
mettre des roues.

Mais cette difficulté n'arrêta point notre jeune
automédon. Il saisit les deux reines du troupeau,
et après être parvenu non sans beaucoup de peine
à leur passer deux fois sous les ailes les deux autres bouts de ruban qu'il ramena vers lui pour lui
servir de guides; il s'assit dans sa caisse aussi fier
qu'un général romain sur un char de triomphe. Là,
il commença à exciter de la voix et du geste ses
coursiers rebelles, qui, au lieu de prendre la course,
s'obstinèrent à rester à la même place. Les pauvres
bêtes battaient de l'aile avec énergie dans l'espoir
de se débarrasser des liens qui les enlaçaient, et
poussaient de leur voix rauque des cris que répé-
taient leurs compagnes aussi effarées qu'elles. Georget n'en continuait pas moins à se démener dans sa
caisse, et à exciter son attelage au moyen d'une
gaule, jusqu'à ce que celles-ci, désespérées, s'élancèrent moitié volant, moitié marchant. Il poussa
un cri de triomphe, mais ce triomphe ne fut pas
de longue durée. Ses deux coursiers le traînèrent

vers une mare dans laquelle ils s'élancèrent si ra-
pidement, qu'il fut impossible à Georget de les retenir, ni de sauter à temps hors de son *carrosse*,
qu'ils entraînèrent avec eux dans la mare. En vain
chercha-t-il à s'accrocher aux touffes d'herbes et
aux plantes qui croissaient sur ses bords ; elles
cédèrent sous ses doigts, et le voilà pataugeant
dans la vase avec de l'eau jusqu'au menton. Les
oies nageaient toujours ; Georget sentant qu'il per-
dait pied et se voyant perdu, appela à son secours,
et s'accrochant des deux mains avec l'énergie du
désespoir au cou de ses deux oies, il les étrangla
bel et bien. Heureusement pour notre héros, un
homme qui passait près de là entendant ses cris,
accourut vers la mare, et voyant le péril du petit
garçon, se jeta résolument à l'eau pour lui sauver
la vie. Mais quel ne fut pas l'étonnement de ce
brave homme lorsqu'après l'avoir déposé sur le
bord, il saisit un bout du ruban qui flottait sur
l'eau et ramena vers lui tout l'équipage de Georget.

— Qu'est-ce que cela? demanda-t-il au nau-
fragé, qui, tout penaud, appuyé contre un arbre,
demeura pétrifié en voyant étendues sur le sol ses
deux oies mortes. Qu'allaient dire Jacques et Madeleine? comment leur expliquer son aventure?
Le pauvre garçon était muet de stupéfaction, aussi
ne répondit-il pas à la question qui lui était adres-
sée. L'excellent homme qui l'avait sauvé comprit
bien qu'il y avait là-dessous quelque tour que
Georget n'osait avouer. Il ne le questionna pas davantage, et se mit en devoir de le ramener chez ses

parents en compagnie de son troupeau effaré, et des deux oies étranglées qu'il chargea sur ses épaules. Georget rendu à lui-même par la pensée d'avoir à rendre compte à sa famille de ce qui venait d'arriver, fit tout ce qu'il put pour détourner ce brave homme de l'accompagner jusque chez lui ; mais comme il n'y put réussir, force lui fut de se résigner. Il le suivit donc silencieusement et à distance, afin d'éviter de nouvelles questions, et de pouvoir forger quelque histoire qui le mît à l'abri des reproches qu'il sentait bien avoir mérités.

— Si mon père pouvait n'être pas à la ferme, pensait-il, quel bonheur ! je serais sauvé.

Le mauvais garçon, voyant qu'il ne pouvait se sortir de là qu'au prix d'un mensonge, ne crut pas devoir s'en priver. Il venait d'inventer, chemin faisant, une touchante histoire qu'il se proposait de débiter à sa trop crédule mère. Ils arrivèrent.

Vous pouvez vous figurer quel fut l'effroi et la surprise de Madeleine lorsqu'elle vit son fils tout de vert habillé. Le limon et les lentilles d'eau qui s'étaient attachés à ses habits et à ses cheveux, lui donnaient plutôt l'aspect d'une énorme grenouille que d'un jeune garçon. La pauvre femme, en apprenant qu'il avait failli se noyer, ne songea qu'à remercier avec effusion le brave homme qui lui avait sauvé la vie. A peine jeta-t-elle un regard sur les deux oies que l'on déposa devant elle, sans lui donner des détails qu'elle ne songeait pas à demander, bien qu'elle ne s'expliquât point leur mort.

— Georget triomphait : son père n'était pas à la

ferme, et celui qui l'avait accompagné se hâta de repartir pour regagner le temps perdu. Tout allait pour le mieux. Madeleine se mit à débarbouiller son gentil garçon, qui lui raconta d'un petit air malheureux que les oies ayant eu soif, il les avait conduites à la mare pour les abreuver; qu'après avoir bu, elles avaient voulu se baigner, et comme elles restaient trop longtemps, il avait voulu les faire sortir avec une gaule, mais que le pied lui ayant glissé il était tombé dans l'eau sans pouvoir se retenir.

— Pauvre petit! s'écria Madeleine en l'embrassant avec tendresse. Et dire que si ce brave homme n'était pas passé par là, tu étais perdu pour nous! ô bonne Providence, que je vous remercie! dit l'excellente fermière en joignant les mains. Mais ces oies mortes? comment cela se fait-il? et ce sont les deux plus belles encore!

— Oh! maman, répondit le petit imposteur, ne me gronde pas, je t'en prie : quand j'ai senti que je me noyais, je me suis accroché à ce que j'ai trouvé sous ma main; le sort a voulu que ce fussent celles-là, je les ai tant serrées que je les ai étranglées; ne te fâche pas, je t'en prie.

— Me fâcher! pauvre chéri! ah! je suis trop heureuse que tu aies pu te sauver à ce prix, et quand toutes les oies seraient mortes, je n'aurais que des actions de grâces à rendre à la Providence pour m'avoir conservé mon enfant.

Georget, bien choyé, bien dorloté, bien caressé par sa mere, triomphait dans le fond de son cœur d'avoir su si habilement se tirer de ce mauvais pas. Sa conscience lui reprochait bien un peu d'induire sa bonne mère en erreur ; mais sa légèreté eut bientôt étouffé ce cri salutaire. Il oubliait que Dieu déteste le mensonge, et qu'il permet toujours qu'il soit découvert.

Jacques ne tarda pas à rentrer. Sa femme s'empressa de lui raconter l'accident arrivé à leur fils, et la manière providentielle dont il avait été sauvé. Elle lui montra en même temps les deux oies dont la mort avait contribué au sauvetage de Georget en l'aidant à se maintenir sur l'eau.

Jacques, à la grande surprise de Madeleine, écouta ce récit sans paraître s'émouvoir. Il se contenta de demander à son fils comment cela lui était arrivé. Celui-ci lui fit le même conte qu'à sa mère, espérant qu'il l'accepterait aussi bénévolement ; cependant le regard que son père attachait sur lui commença à le troubler, et ce ne fut qu'en rougissant et d'une voix altérée par la crainte, qu'il acheva son récit.

— C'est très bien inventé ! répondit Jacques froidement, seulement tu oublies quelques détails. Tu ne nous dis pas qu'ayant voulu atteler les oies à une caisse dans laquelle tu voulais te faire traîner par elles, les pauvres bêtes n'ont eu d'autre moyen pour se débarrasser de toi que de se précipiter dans l'eau. Ainsi voilà que ton étourderie a failli encore une fois te coûter la vie, et nous fait perdre deux bêtes dont le prix nous aurait été si utile! Non content de cela, tu as recours au mensonge pour cacher ta faute; tu l'aggraves en cherchant à nous tromper, ta mère et moi. J'aurais pu te pardonner la première si tu l'avais avouée franchement; mais je ne te pardonnerai pas la seconde, parce que j'ai horreur du mensonge : il outrage Dieu qui est la vérité même. Tu auras du pain sec à ton déjeuner pendant toute la semaine, et ton aventure sera racontée à tes camarades afin qu'ils puissent se moquer de toi tout à leur aise, pour avoir voulu te faire voiturer par des oies.

Jugez de l'étonnement de Georget en voyant son père si bien instruit de ce qu'il croyait avoir réussi à lui cacher. Il n'avait pas remarqué, le pauvre garçon, lorsque cette singulière idée lui était passée par la tête, que Pierre le meunier était à la fenêtre de son moulin, que de là il avait été témoin de sa tentative ainsi que de sa chute; il arrivait même à son secours, lorsqu'il le vit sauvé par un autre. Jacques ayant eu besoin de lui parler le soir même, avait tout appris de lui. C'est ainsi que les menteurs sont toujours pris.

Madeleine fut tout aussi mécontente que son mari du mensonge de leur fils, et pour le punir d'avoir usurpé des soins et des caresses qu'il ne méritait pas, elle resta huit jours sans vouloir l'embrasser.

Qui fut confus le lendemain ? ce fut Georget, lorsque ses camarades, en le voyant paraître, lui rirent au nez, en lui demandant des nouvelles de son *carrosse*, de son attelage et du bain de propreté qu'il lui avait fait prendre. Notre héros, pour se venger de ces moqueries, distribua bien quelques horions aux plus obstinés; mais il n'en fut pas moins raillé, taquiné et conserva longtemps le surnom de *chevalier de l'oie* dont ses camarades l'honorèrent à l'unanimité.

CHAPITRE VI.

UNE NOUVELLE AVENTURE.

Tous ces accidents, toutes ces punitions, toutes ces mésaventures auraient bien dû corriger Georget, et le convaincre qu'il avait tort de ne pas obéir à ses parents. Malheureusement il n'en était pas ainsi; Georget croyait faire beaucoup en ne se livrant pas aux mêmes expériences; mais il ne se croyait pas obligé de s'abstenir d'en essayer d'un nouveau genre.

Un jour, son père l'envoya au château voisin faire une commission.

— Ne t'amuse pas en chemin, lui dit-il, car c'est assez loin, et tu n'as que le temps d'aller et de revenir avant la nuit. Tu sais combien ta mère serait inquiète si tu n'étais pas rendu à l'heure du souper?

Georget partit au pas accéléré, en promettant de ne pas s'arrêter en route. Mais par malheur on était dans la saison des cerises, et notre jeune commissionnaire rencontra sur son passage le plus magnifique cerisier qu'il eût jamais vu. Les branches étaient chargées de fruits qui brillaient sous le feuillage comme des rubis parmi des émeraudes. Comment ne pas s'extasier devant un si bel arbre? Georget en fit lestement le tour afin de le considérer sous toutes ses faces. Plus il le regardait, plus ses fruits lui semblaient appétissants ; plus aussi la tentation entrait dans son cœur. Quel dommage, pensait-il, que je ne puisse pas en attraper quelques-unes ! si je pouvais y grimper ! mais non, l'arbre est trop haut et mes membres sont trop courts ; je n'ai pas même la ressource de secouer les branches pour faire tomber quelques cerises, elles sont trop hautes. Et Georget restait là, le nez en l'air, la bouche béante, sans nul souci de sa commission ni de la promesse qu'il avait faite à son père. Enfin, après un bon quart d'heure de contemplation, et après s'être bien convaincu que ses désirs étaient inutiles, il se décida à continuer son chemin, non sans se retourner de temps en temps pour jeter un regard de convoitise sur les cerises inaccessibles.

Vous dire qu'il fit bien exactement sa commission, serait une vérité un peu hasardée. Il est à présumer que Georget avait bien autre chose en tête que de répéter mot pour mot ce que son père lui avait dit. Heureusement que monsieur de Valbrun savait à peu près de quoi il s'agissait, de sorte que ses questions venant en aide à la mémoire ingrate du jeune commissionnaire, il parvint à comprendre ce que Jacques avait voulu lui faire savoir.

Monsieur de Valbrun, après avoir fait rafraîchir Georget, le renvoya, en lui recommandant à son tour de ne point s'amuser en route, vu que la nuit allait bientôt venir. Georget partit du château comme il était parti de la ferme; mais arrivé près du cerisier en question, son pas se ralentit insensiblement.

C'était bien le moins, pensait-il, qu'il se procurât le plaisir de regarder les cerises, puisqu'il ne pouvait avoir celui d'en manger. Mais quelle est sa surprise, lorsqu'arrivé au pied de l'arbre, il voit une grande échelle qui montait jusque dans les branches! Il regarde, personne sur l'arbre, personne autour de lui... Il y avait bien, près de là, une maison, mais elle n'avait pas d'ouverture de ce côté.

—Quelle bonne aubaine! se dit Georget, et sans se rappeler ce que ses parents lui ont répété cent fois : qu'il n'est pas permis de prendre ce qui ne nous appartient pas, et qu'on ne doit pas plus toucher aux fruits et aux plantes de son prochain qu'à toute autre chose qui lui appartient, notre étourdi grimpe sur l'échelle comme un chat. Mais comme elle n'avait pas été mise là pour lui, et que le propriétaire de l'arbre avait cueilli une certaine quantité de cerises, il en résulta que Georget fut obligé de grimper un peu plus haut afin d'atteindre celles qui avaient été laissées sur les branches les plus élevées. Cela ne rebuta pas le petit maraudeur, qui, sans perdre de temps, se mit à cheval sur une branche, et là, cueillant à droite, à gauche, au-dessus de lui, se régala de son mieux. Il était si occupé de sa besogne qu'il ne vit pas enlever l'échelle. Cependant la nuit venait à grands pas; Georget, dont la gourmandise était satisfaite, songea à rentrer chez lui après avoir préalablement rempli ses poches; mais quelle fut sa stupéfaction lorsqu'il vit que l'échelle n'était plus là..... Que faire? que devenir? Il lui était aussi impossible de descendre de l'arbre qu'il lui avait été impossible d'y monter sans le secours de l'échelle, dont il ne pouvait s'expliquer la disparition. Et la nuit avançait toujours ! l'heure du souper devait être passée, qu'allaient penser ses parents?.. Notre petit gourmand commença à se repentir vivement de sa mauvaise action. Il pensait aussi à l'inquiétude de sa pauvre mère, car il n'avait pas le cœur aussi mauvais que la tête. Le pauvre garçon se mit à pleurer et à pousser de profonds soupirs.

Qui est-ce qui songerait à venir le dénicher sur cet arbre où il se voyait condamné à passer la nuit, et dans tous les cas, il ne lui serait pas possible d'en descendre sans que son larcin fût connu de tout le monde.

Pendant qu'il se lamentait sur sa branche, le visage caché dans ses bras, une petite fille passa près de l'arbre, elle entendit ses gémissements, et courut à toutes jambes à la maison voisine dire à son père qu'il y avait un chat-huant sur le cerisier, qu'elle venait de l'entendre miauler.

— Va vite le tuer, mon homme, s'écria la mère épouvantée; ce sont des oiseaux de malheur : on dit que c'est signe de mort lorsqu'ils viennent ainsi miauler près d'une maison. Tue-le, nous le clouerons sur notre porte pour faire peur à la mort si elle voulait entrer chez nous. Ainsi parla la superstitieuse paysanne. Le mari prit son fusil, et s'en alla vers le cerisier à pas de loup pour ne pas effaroucher l'oiseau.

Le pauvre Georget était trop absorbé dans ses réflexions pour s'occuper de ce qui se passait au-dessous de lui. A cheval sur une branche, la tête cachée dans ses deux bras appuyés sur un autre, il continuait de pousser des plaintes qui ressemblaient assez effectivement aux cris plaintifs du chat-huant. De plus en plus convaincu de la présence sur l'arbre de cet oiseau de malheur, Guillaume cherche à le découvrir à travers l'obscurité de la nuit et l'épaisseur du feuillage. En ce moment, Georget fait un mouvement et pousse une nouvelle plainte. Le chasseur, sans plus attendre, arme son fusil, et tire dans les branches, où son œil a distingué une masse noirâtre qui n'est autre chose que la jambe du pauvre Georget. A cette détonation inattendue, le petit malheureux pousse un cri de terreur et se croit mort sur le coup. Guillaume eut bientôt reconnu à quelle espèce de gibier il avait affaire, et frémit en songeant au malheur qu'il aurait pu causer sans le vouloir, car cet homme n'était pas méchant.

— Ne me tuez pas! criait Georget d'une voix

lamentable, grâce! ne me tuez pas! je n'y revien-
drai plus.

— Qui es-tu? lui demanda l'homme.

— Je suis Georget, le fils de Jacques et de Madeleine.

— Allons, descends! je ne te ferai pas de mal;
quelle drôle d'idée d'aller percher sur cet arbre!

— Je ne puis pas descendre, l'arbre est trop
grand, je tomberais.

— Et comment donc as-tu fait pour y monter?
Ah! j'y suis, mon luron! tu as profité de l'échelle
pour grimper, et maintenant tu te trouves pris au
dépourvu. Tu allais pour voler mes cerises, n'est-
ce pas? et le bon Dieu t'a puni. Tu mériterais que
je te laissasse passer la nuit en l'air; mais j'ai pitié de tes pauvres parents, et je vais chercher l'é-
chelle pour que tu puisses redescendre.

Avec Guillaume, vinrent sa femme et toutes les
personnes de la maison, curieuses de voir de près
celui qu'on avait pris pour un chat-huant.

Ils arrivèrent munis de lanternes, car la nuit se
faisait de plus en plus noire. Georget, en voyant arriver ces spectateurs, se sentit plein de confusion,
il ne savait s'il resterait sur l'arbre ou s'il en descen-
drait. Il dut se décider pourtant, car la voix de Guillaume le menaçait de remporter l'échelle s'il ne se
pressait pas davantage. Le pauvre garçon essaya
de descendre quelques degrés; mais la douleur lui
arrachait des cris, une partie de la charge lui était
entrée dans le mollet. Il fallut que le volé allât au
secours du voleur pour l'aider à arriver jusqu'à

terre. Ces braves gens le voyant blessé, au lieu de
se moquer de lui et de lui reprocher sa gourmandise, comme il le croyait, s'empressèrent de visiter
sa blessure et d'aller bâter leur âne pour le ramener chez ses parents. — Petit malheureux! lui dit
Guillaume en l'arrangeant de son mieux, je pouvais te tuer, et tu dois remercier le ciel d'en être
quitte pour quelques grains de plomb dans les jambes. N'as-tu donc pas de cerises chez toi, pour venir dérober les miennes? ou si elles te faisaient
tant envie, pourquoi ne venais-tu pas m'en demander? je t'en aurais donné, et tu te serais épar-
gné une mauvaise action qui va faire beaucoup de
peine à tes parents, si braves et si honnêtes gens.

— Ne le leur dites pas, je vous prie, s'écria Georget, qui redoutait plus que tout le courroux de son
père.

— Et comment veux-tu que je leur explique le
plomb entré dans tes jambes? Penses-tu que j'aille
mentir pour cacher ta faute? et dire qu'un chasseur t'a pris pour un lièvre ou pour un lapin, en
passant derrière un fourré? A peine achevait-il ces
mots, que le nom de Georget, répété par l'écho, arriva à leurs oreilles. C'était la pauvre Madeleine
qui appelait son fils d'une voix pleine d'angoisse.

Georget, quoique de plus en plus tremblant à
mesure qu'approchait le moment où il faudrait tout
dire, ne put entendre la voix de sa mère sans ré-
pondre aussitôt:

— Me voici, maman! me voici!

Bientôt ils aperçurent Jacques et Madeleine qui

venaient à leur rencontre munis de falots et cherchant leur fils dans tous les fossés, dans tous les ravins où ils supposaient qu'il avait pu tomber.

— Ah! maître Guillaume, dit Georget plus mort que vif, je vous en prie, demandez grâce pour moi à mon père : il ne me pardonnera pas d'avoir fait cette vilaine action dont je me repens bien, je vous assure !

— Je te crois, mon garçon, et j'espère que cette leçon te sera profitable. A cette condition, je ferai ce que tu désires.

— Ohé! Jacques! par ici! cria Guillaume en voyant ces pauvres gens s'arrêter indécis au coin d'un chemin de traverse, écoutant si la voix qu'ils avaient entendue se ferait entendre de nouveau.

— Georget! Georget! criait la pauvre mère.

— Me voici ! maman, me voici !

La pauvre femme s'élança, suivie de son mari, au-devant de cette voix qui lui paraissait maintenant si proche. Mais quel fut leur étonnement et leur appréhension en voyant leur fils conduit sur l'âne par Guillaume. Que signifiait cela? Ils l'eurent bientôt appris de la bouche du brave homme, qui poussa la générosité jusqu'à demander le pardon du petit maraudeur, et qui l'obtint, non sans peine, car Jacques n'entendait pas raison sur le chapitre : « Le bien d'autrui tu ne prendras, etc. » Cette nouvelle preuve de la négligence de son fils à tenir compte de ses recommandations paternelles lui fut très sensible.

— N'ai-je pas raison, s'écriait le brave fermier,

lorsque.je répète que tous les défauts se tiennent par la main, et que l'un entraîne l'autre si le premier n'est pas réprimé et tenu en bride par de sages remontrances et de salutaires corrections? On me reproche quelquefois ma sévérité; mais où en serait mon garçon, et qu'en serait-il de lui dans l'avenir si je ne m'appliquais à le reprendre de ses défauts et à l'en corriger? je ne le châtie que parce que je l'aime, et que tout mon désir est de faire de lui un bon chrétien et un honnête homme, possédant l'instruction nécessaire dans son état.

— Tout le monde vous rend justice, mon brave Jacques, reprit Guillaume, et pour mon compte, je ne vous fais pas un reproche de votre sévérité, je reconnais que votre fils a mérité d'être puni; mais puisque le voilà victime de sa désobéissance, et qu'il se montre si repentant, je vous prie de lui pardonner.

Georget pleurait à chaudes larmes, il joignit ses prières et ses promesses à celles de son intercesseur, et son pardon lui fut accordé.

Comme pendant ce temps on était arrivé à la ferme, Jacques, après avoir remercié Guillaume de son obligeance, prit son fils entre ses bras et le déposa sur un lit, car il ne pouvait se tenir sur ses jambes. Georget paya par trois semaines de réclusion son goût pour les cerises du prochain. Il fallut extraire de ses mollets les grains de plomb qui s'y étaient logés; cette opération fut très douloureuse à cause du grand nombre de nerfs qui se trouvent dans cette partie et la rendent très sensi-

8

·ble. Il eut tout le loisir de faire de sages réflexions sur les conséquences de ses fautes. Le chagrin qu'il avait causé à ses parents, l'inquiétude que leur donnaient ses blessures, qui heureusement ne le laissèrent pas estropié; tout cela fit sur son esprit une si vive impression, qu'il prit la ferme résolution de se corriger. Ce fut avec une bien grande joie que ses bons parents le virent, après sa guérison, devenir aussi raisonnable, aussi soumis qu'il avait été jusqu'alors désobéissant et étourdi.

FIN DES MÉSAVENTURES DU PETIT GEORGET.

MADEMOISELLE GRIPETTE.

‒‒◈‒‒

Madame Delmas avait une petite fille douée du plus affreux caractère. Elle était jalouse, envieuse et méchante, trois jolis défauts qui se tiennent toujours par la main. Elle avait une sœur plus jeune qu'elle, qui était son souffre-douleur ; elle ne pouvait supporter qu'on la caressât ou qu'on lui donnât quelque chose. Dès que leur maman les laissait seules un instant, elle courait vite lui donner des tapes ou lui arracher ses joujoux pour la faire pleurer. C'était alors des cris à faire retentir toute la maison. Madame Delmas accourait, et ne maquait pas de mettre Berthe en pénitence, ce dont elle savait bien se venger. Il n'y avait pas de jours où elle n'inventât quelque nouvelle malice pour tourmenter les domestiques ou les faire gronder. Sa maman, désolée de la voir si méchante, résolut de la mettre en pension dans une ville voisine. L'on

lit en silence tous les préparatifs de son départ, et
la veille seulement sa mère lui annonça la résolution qu'elle avait prise, et l'avertit d'avoir à se tenir prête pour le lendemain. Berthe crut d'abord
que c'était une menace comme on lui en faisait
souvent. Mais lorsque le soir elle la vit donner des
ordres pour le départ du lendemain, elle comprit
que c'était sérieusement, cette fois, qu'on voulait
la mettre en pension. Hors d'elle, elle supplia sa
mère de ne pas la renvoyer.

— C'est inutile, lui répondit sa maman, ma résolution est bien arrêtée; je ne veux plus garder
auprès de moi une enfant si méchante. J'ai mis tout
en œuvre pour te corriger sans y parvenir; ma
bonté ne fait qu'accroître ta malice. Ma patience
est à bout, je suis lasse de te voir faire souffrir les
personnes qui t'entourent, et je vais te mettre entre des mains étrangères qui te tiendront avec plus
de fermeté que je ne saurais le faire.

— Je ne veux pas qu'on me mette en pension!
s'écria Berthe furieuse de voir sa mère si détermi-
née. Si l'on m'y conduit, je n'y resterai pas; je sau-
rai bien m'en revenir, peut-être?

Puis, s'exaltant de plus en plus :

— Je sais bien, poursuivit-elle, que tu ne me
renvoies que pour garder ma sœur toute seule avec
toi. Tandis que je serai loin, renfermée dans une
espèce de prison, elle sera ici bien heureuse; elle
aura tous les plaisirs, tous les jouets, tous les bon-
bons qu'elle voudra; et moi, je n'aurai rien de tout

cela. C'est parce que tu ne m'aimes pas que tu me renvoies.

— Ma fille, lui dit madame Delmas, si je t'éloigne de moi, ce n'est pas que je t'aime moins que ta sœur ; mais elle est trop jeune pour être mise en pension. Plus tard, elle ira comme toi. Du reste, si je t'éloigne de la maison plus tôt que je n'avais l'intention de le faire, c'est ton mauvais caractère qui m'y oblige, et tu ne dois pas pour cela douter de ma tendresse pour toi.

— Oui, dit la méchante petite fille, qui crut voir dans les paroles de sa mère un moyen d'ébranler sa résolution en lui faisant peur ; tu m'aimes ? eh bien ! je t'avertis que si tu me mets en pension, je m'étranglerai.

— Et moi, je vous avertis à mon tour que vos menaces sont sans effet, dit M. Delmas, qui venait d'entrer sans que sa fille l'eût aperçu. C'est moi qui me charge de vous conduire, et je ne crains nullement que vous vous étrangliez ; cela fait trop de mal. Allez, Mademoiselle, allez vous coucher.

Berthe, tout interdite, n'osa répliquer, car elle craignait son père. Elle se laissa mener au lit sans rien dire, et passa presque toute la nuit sans dormir. Le lendemain, sa maman ne voulut point paraître devant elle, de peur de se montrer faible et de lui voir faire quelque nouvelle scène. Ce fut sa bonne qui alla la réveiller.

— Je ne veux pas partir ! cria Berthe en courroux. Allez-vous-en, je ne veux pas me lever, laissez-moi tranquille !

— Berthe! dit M. Delmas en entrant dans la
chambre de sa fille, la voiture est prête, et je t'attends. Cesse tes cris, ils ne serviraient de rien.

Berthe comprit que toute résistance était inutile
avec son père. Elle se laissa donc habiller en dé-
vorant ses pleurs et sa colère, puis elle descendit
dans la cour sans vouloir embrasser personne. Au
bout de quelques heures la voiture s'arrêta devant
un grand portail. M. Delmas fit descendre sa fille,
et appela madame Belcourt, la maîtresse de pension, à qui il la présenta. Comme il avait déjà vu
cette dame, et pris avec elle les arrangements nécessaires, l'entrevue fut courte, et il repartit immédiatement, en promettant de revenir bientôt.

Lorsque Berthe entendit le roulement de la voiture qui s'éloignait, elle entra dans un accès de
fureur que madame Belcourt eut la bonté de prendre pour le chagrin que lui causait le départ de
son père. Elle s'efforça de la consoler par de douces paroles, lui promettant que M. et madame Delmas ne tarderaient pas à revenir. Puis elle appela
une élève à qui elle la recommanda, lui confiant le
soin de la consoler, de la distraire, et de la présenter à ses jeunes compagnes. Louise était une
aimable enfant, douce, obligeante, et l'exemple de
sa classe. Toutes les élèves l'aimaient. C'était elle,
toujours, que madame Belcourt chargeait du soin
de patronner les nouvelles venues à la pension ; et
elle s'en acquittait de manière que dès le premier
jour elle gagnait leur affection. Louise prit Berthe
par la main et la conduisit au jardin où toutes les

élèves étaient alors réunies, car c'était l'heure de
la récréation. Elle la présenta à plusieurs pension-
naires, qui toutes lui firent bon accueil, malgré
son air farouche et de mauvaise humeur, qu'on
attribua au regret de quitter sa famille. Louise
surtout fut d'une bonté charmante, et chercha à
lui épargner tout l'ennui des premiers moments
d'une entrée en pension. Berthe parut un peu touchée de l'obligeance de sa nouvelle compagne.

— Il faut bien, se dit-elle, que je me fasse une
amie ici, sans quoi je m'ennuirai à mourir. Louise
me paraît très complaisante, elle fera tout ce que
je voudrai et m'aidera dans mes projets.

Elle se montra donc reconnaissante de tous les
soins de la bonne Louise, et lui offrit son amitié,
que celle-ci s'empressa d'accepter avec joie. Pauvre Louise ! elle était bien loin de prévoir tous les
chagrins que lui causerait cette affection. Il est des
personnes dont l'amitié est si tyrannique, qu'on
serait tenté de préférer leur aversion. Berthe s'em-
para tellement de Louise, que, dès le lendemain
de son arrivée, elle ne pouvait souffrir qu'elle
s'entretînt avec les autres élèves, ni qu'elle prît
part à leurs jeux. Louise, toujours bonne, cédait
à ses caprices, restait auprès d'elle pour lui tenir
compagnie, espérant qu'après les premiers jours
elle se montrerait moins exigeante; mais elle se
trompait, et Berthe devint pour elle un vrai tyran.

Madame Belcourt, après lui avoir fait subir un
petit examen, et s'être convaincue qu'elle était très
ignorante pour son âge, la mit dans une classe

assez inférieure, et lui indiqua ce qu'elle avait à
faire. Mais Berthe, qui s'était bien promis de ne
pas travailler afin de forcer ses parents à la retirer
de la pension, ne songea qu'à tenir la promesse
qu'elle s'était faite à elle-même. Ainsi, lorsqu'on
lui donnait une leçon à apprendre, elle déchirait
la page, et quand venait son tour de réciter, elle
répondait que cette leçon ne se trouvait pas dans
son livre ; ou bien elle prétextait un grand mal de
tête ou une colique subite qui l'avait empêchée
d'étudier. Puis, comme madame Belcourt ne se
contentait pas de ces raisons, trop souvent réité-
rées pour avoir l'apparence de la vérité, elle répondait nettement qu'elle ne voulait pas apprendre. M. Delmas, instruit de cela, écrivit à madame
Belcourt d'agir avec sévérité, et fit dire à sa fille
que ni lui ni sa maman n'iraient la voir tant
qu'elle continuerait à se conduire de la sorte.

Madame Belcourt, voyant qu'il fallait employer
la rigueur pour obtenir quelque chose de cette petite fille, résolut de la punir chaque fois qu'elle
manquerait à ses devoirs ; mais ce fut peine perdue. Dès que Berthe se fut familiarisée avec les
habitudes de la pension et avec les élèves, elle se
montra ce qu'elle avait été chez elle, une vraie petite guêpe. Il ne se passait pas un seul jour sans
que quelqu'un de la maison ne fût victime de ses
méchantes espiègleries. Ses maîtresses elles-mê-
mes n'en étaient pas exemptes.

Un jour que madame Belcourt l'avait mise en
pénitence pour avoir arraché les fleurs du par-

terre, elle s'introduisit dans sa chambre, et répandit sur son lit tout le contenu de son pot-à-l'eau, ce dont madame Belcourt ne s'aperçut qu'au moment de se coucher. Une fois, son maître d'écriture lui faisant de continuels reproches de son peu d'application, et lui ayant fait mettre plusieurs fois le bonnet d'âne, Berthe résolut de se venger. Un jour qu'il était occupé à corriger le cahier d'une autre élève, elle prit son temps pour lui jeter au visage tout le sable de son sablier, et lui en remplit les yeux ; ce qui l'empêcha de voir que c'était elle qui avait fait cela, bien qu'il s'en doutât, car il n'y avait pas une autre élève qui fût capable d'une telle méchanceté. Une autre fois, ce fut sur sa maîtresse de piano que s'exerça sa vengeance. Cette dame se plaignait souvent à madame Belcourt de la mauvaise volonté que mettait Berthe à comprendre ses leçons et à étudier son piano. La méchante enfant, ennuyée de ces plaintes, résolut de jouer à sa maîtresse quelque tour de sa façon. Elle se glissa dans le salon d'étude avant son arrivée, et planta, la pointe en l'air, mais de manière à n'être pas aperçues au premier coup d'œil, toutes les aiguilles de son étui sur la chaise qu'occupait ordinairement sa maîtresse. Cela fait, elle s'en retourna pour attendre l'heure de sa leçon. Inutile de dire qu'il n'y eut qu'un cri pour accuser Berthe d'un pareil méfait, malgré toutes ses dénégations. Madame Belcourt, pour la punir, la priva de récréations pendant huit jours, à la grande satisfaction des autres élèves, qui purent espérer d'avoir

au moins un peu de repos pendant cette semaine ;
car un des plaisirs de Berthe était de semer la di-
vision parmi ses compagnes et de troubler leurs
jeux. Comme personne ne l'aimait, excepté Louise,
qui se flattait toujours de la rendre meilleure à
force de douceur et de bonté, la méchante petite
fille, qui s'apercevait bien de la répulsion qu'elle
inspirait à chacune, cherchait une espèce de dé-
dommagement dans les ennuis qu'elle leur susci-
tait. Bien qu'elle fût habituée aux punitions, celle-
ci lui fut très sensible par la pensée que les autres
s'en réjouissaient.

Un jour donc qu'elle accomplissait sa pénitence,
elle aperçut Louise qui riait et causait avec une
autre élève. L'aimable enfant, en passant près
d'elle, lui adressa quelques paroles d'amitié ; mais
Berthe, jalouse de ce qu'elle était avec une autre,
lui répondit avec colère :

— Tu as l'air de me plaindre, et tout-à-l'heure
tu riais de moi avec Angèle.

— Je t'assure que non, dit Louise avec sa bonté
habituelle ; nous riions de Clotilde, qui venait de
nous dire quelque chose de fort drôle.

— Si, si, vous vous moquiez de moi ; je l'ai vu,
je l'ai entendu.

— Mais, Berthe, je t'assure...

Louise n'eut pas le temps d'achever. Berthe, qui
étouffait de colère, lui donna un si violent soufflet
que la pauvre petite ne put retenir un cri de douleur, et qu'elle alla tomber au pied d'un arbre.
Mais, se relevant aussitôt, elle étouffa ses sanglots,

dans la crainte que les maîtresses ne s'aperçussent de ce qui venait de se passer, et que Bertho ne fût doublement punie. Elle eut beau faire, un cri d'indignation poussé par ses compagnes, qui toutes l'aimaient, attira l'attention de madame Belcourt, à qui l'on fit part de la nouvelle méchanceté de cette petite Gripette, comme on l'appelait. Madame Belcourt appela Bertho, et lui fit de vifs reproches de sa malice.

— Comment, lui dit-elle, pouvez-vous être si méchante et si injuste envers Louise, qui est votre amie, et qui s'est toujours montrée si bonne et si dévouée pour vous? Que feriez-vous donc à une autre? Vous êtes une bien méchante petite fille, et je vous prédis que, si vous ne vous corrigez pas, vous serez malheureuse toute votre vie, et vous rendrez malheureux tous ceux qui seront auprès de vous. Depuis que vous êtes dans la pension, la paix s'est éloignée de cette demeure. Mes élèves, naguère si gaies, si joyeuses, si unies entre elles, sont devenues inquiètes, chagrines; elles vous redoutent comme les agneaux redoutent le loup qui rôde autour d'eux, cherchant à les dévorer. C'est un triste rôle que vous jouez là, mon enfant; je vous plains, et surtout je plains vos parents qui se désolent de vous voir grandir avec de si graves défauts. Ne seriez-vous pas plus heureuse si, au lieu de passer votre temps à faire des malices et à tourmenter vos maîtresses et vos compagnes qui vous fuient comme la peste, vous étiez bonne, affectueuse, appliquée à vos devoirs, comme

Louise vous en donne un si bel exemple? Vous y
gagneriez l'amitié de tout le monde, vous évite-
riez ces punitions que vous m'obligez à vous infli-
ger, vous seriez en paix avec vous-même, et au
lieu de faire répandre des larmes à votre mère qui
ne peut se consoler de vous voir si méchante, vous
lui donneriez de la joie et du bonheur. Je vous
avertis, mon enfant, que, si vous ne vous corrigez pas, je prierai vos parents de vous garder chez
eux, à la rentrée des classes. Nous n'avons que
peu de temps d'ici aux vacances, je vous laisse
jusqu'à cette époque pour vous amender. En attendant, comme vous avez offensé Louise en la
frappant injustement, j'exige que vous lui fassiez
des excuses. Vous n'aurez pas grand'peine à vous
réconcilier avec elle; elle est si bonne! Allons!
suivez-moi.

Un éclair de joie avait brillé dans les yeux de
Berthe lorsque madame Belcourt lui avait dit
qu'elle ne la reprendrait pas.

— J'ai atteint mon but, s'était-elle dit en elle-
même.

Mais, lorsqu'elle entendit parler de s'excuser
auprès de Louise, son orgueil se révolta.

— Non, Madame; non, je ne le ferai pas! dit-
elle.

— Berthe, reprit madame Belcourt, si vous re-
fusez d'obéir, je double votre pénitence, et vous
mets aux arrêts pour quinze jours, avec privation
de promenades pendant tout ce temps. Allons! ve-
nez, je vais vous conduire auprès de Louise.

Berthe, rouge de colère et de honte, suivit sa maîtresse avec une mauvaise grâce qui prouvait assez qu'elle ne cédait qu'à la force. Elle se dirigea vers Louise, qui, prévenue de ce que madame Belcourt exigeait de Berthe, s'avança vers elle en lui tendant les bras, afin de lui épargner la peine de faire les premières avances, car elle n'ignorait pas combien cette démarche devait coûter à l'orgueilleuse petite fille. Berthe balbutia quelques mots inintelligibles, et Louise l'embrassa cordialement, en lui assurant qu'elle lui pardonnait de bon cœur, ce dont personne ne douta.

— Ne te fie pas à cette Gripette, dirent tout bas à Louise quelques élèves témoins de leur réconciliation; elle te jouera quelque mauvais tour.

Les jeunes filles avaient raison; Berthe, tout en obéissant aux ordres de madame Belcourt, s'était bien promis de se venger d'une manière ou d'une autre de l'humiliation qu'on lui imposait. La douceur de Louise, au lieu de la toucher, ne fit que l'irriter.

— Elle me pardonne, se dit-elle, maintenant qu'elle m'a fait punir ! C'est elle pourtant qui est cause de tout cela! Si elle ne s'était pas moquée de moi avec Angèle, si elle n'était pas venue ensuite me trouver en ayant l'air de me plaindre, tandis qu'elle se réjouissait de me voir en pénitence, je ne lui aurais pas donné un soufflet; c'est elle qui a tort, elle m'a poussée à bout. Puis, comme elle a crié pour qu'on s'en aperçût ! l'hy-

'pocrite! elle a l'air de me faire grâce; mais je me vengerai, bien sûr.

C'est ainsi que les méchants, aveuglés par leurs passions, se plaisent à se justifier à leurs propres yeux, en prêtant aux autres des défauts et des intentions qu'ils n'ont pas, et en les faisant responsables du mal qu'ils font eux-mêmes. Il n'y a que les âmes grandes et généreuses qui sachent reconnaître leurs torts et les réparer noblement. Par malheur, Berthe n'appartenait pas à cette catégorie, et l'occasion de se venger de l'innocente Louise ne se présenta que trop tôt. Celle-ci brodait, pour la fête de sa mère, un superbe mouchoir auquel elle travaillait depuis fort longtemps. Elle était près de l'achever, et le montrait avec joie à une de ses compagnes qui la félicitait sur son travail.

— Voyons! dit Berthe, montre-le-moi.

Louise s'empressa de le lui faire passer. Mais l'odieuse Gripette, en se penchant sur son bureau pour le prendre, y renversa son écritoire; puis, sans avoir l'air de s'en apercevoir, étendit sur son pupitre le mouchoir qui, à l'instant, fut imbibé d'encre d'un bout à l'autre.

— Ah! s'écria-t-elle d'un air désespéré, ah! pauvre Louise, qu'ai-je fait! quel malheur!...

Louise n'eut pas la force de proférer un seul mot; la pauvre petite cacha sa tête dans ses mains et se mit à sangloter. Un sourd murmure circula dans la classe; puis, l'indignation ne pouvant plus se contenir, toutes les élèves accusèrent Berthe d'avoir exprès taché le mouchoir de Louise, et d'avoir voulu se venger en la privant du bonheur qu'elle se promettait en offrant à sa mère un objet qui lui avait coûté tant de travail et d'application. Madame Belcourt ne douta pas un seul instant de la vérité de cette accusation ; mais Berthe joua si bien son rôle, elle témoigna tant de regrets de ce qu'elle appelait sa maladresse, qu'on ne put la punir comme elle le méritait. Seulement madame Belcourt lui dit que, comme il n'était pas juste que Louise fût entièrement victime de sa prétendue maladresse, elle lui paierait la valeur du mouchoir sur l'argent de ses menus plaisirs. Cette décision fut loin de plaire à Berthe ; cependant elle se résigna, en se disant que le plaisir de la vengeance valait bien quelques petits sacrifices. D'ailleurs elle ne tarda pas à entendre Louise dire à madame Belcourt qu'elle n'exigeait rien pour la perte de son mouchoir ; que tout son plaisir, toute sa joie, était de l'offrir à sa mère ; et que, puisqu'elle en était privée par ce malheureux accident, la privation infligée à Berthe ne la dédommagerait nullement, et lui causerait au contraire de la peine. Madame Belcourt embrassa Louise, en disant :

— Heureuse la famille à qui vous appartenez, mon enfant ! votre bonté fera sa joie et sa consolation.

Toutes les élèves s'empressèrent autour de Louise à la récréation du soir, cherchant par leurs témoignages d'affection de la consoler du chagrin qu'elle avait éprouvé. Quant à Gripette, elle devint de plus en plus odieuse à toutes. L'on s'éloignait

d'elle comme d'une lépreuse, et l'on faisait des
vœux pour qu'elle ne revînt pas au pensionnat
l'année suivante; plusieurs même parlaient de
prier leurs parents de les retirer, si cette petite
guêpe y revenait encore.

Berthe voyait bien l'aversion qu'elle inspirait,
et cela ne servait qu'à lui rendre plus insupporta-
ble le séjour de la pension. Elle espérait que ses
parents, dégoûtés en voyant qu'elle n'avait rien
fait de toute l'année, se décideraient à la garder
chez eux. Elle se trompait dans son calcul, car
son père était bien déterminé à ne pas lui céder.
Mais madame Belcourt, voyant que cette petite
fille portait le trouble et le désordre dans sa maison, et que déjà plusieurs élèves s'étaient plaintes
à leurs parents des méchancetés de Berthe, résolut d'écrire à monsieur et à madame Delmas, pour
les prévenir qu'il lui était impossible de la garder
plus longtemps. Tout ce qu'elle put accorder, ce
fut de la tolérer jusqu'aux vacances, afin de ne
pas faire honte à la famille en la renvoyant aupa-
ravant.

Ce beau jour ne tarda pas à arriver. Tout était
joie dans la maison. Les pères et les mères ac-
couraient avec empressement pour embrasser leurs
filles et jouir de leurs triomphes en déposant sur
leur front les couronnes qu'elles avaient conquises
par leur travail. L'on ne voyait que des visages
épanouis; celles des élèves qui n'espéraient pas
avoir de prix, se réjouissaient et du bonheur de
leurs compagnes, et du plaisir qu'elles allaient

avoir en passant quelque temps au sein de leurs familles. Berthe seule était sombre. Rien ne rend maussade comme un mauvais caractère et un méchant cœur. Elle savait bien qu'elle ne méritait aucun prix, mais elle portait envie à celles qui devaient en avoir, et désirait qu'elles n'en eussent pas. En outre, comme elle ignorait que madame Belcourt eût écrit à ses parents, elle craignait qu'on ne la remît en pension l'année suivante. D'un autre côté, elle redoutait l'arrivée de son père, qui ne manquerait pas de la gronder très fort, à cause de sa paresse. Partagée entre ces deux craintes et sa jalousie naturelle, elle errait comme une bête fauve dans toute la maison, en jetant des regards dédaigneux et sauvages à chacune de ses compagnes, qui lui lançaient bien, par-ci par-là, quelques quolibets.

— Adieu, Gripette, lui disait l'une; nous allons donc être privées de te voir pendant quelque temps : quel chagrin !

— Tâche donc de ne pas revenir, lui disait l'autre.

— Berthe, combien penses-tu avoir de prix? lui demanda une jeune fille qui toute l'année avait été plus que les autres victime de ces méchancetés, vu que Berthe lui avait voué une haine particulière parce qu'elle était toujours première dans sa classe.

— Que t'importe? lui répondit Berthe; prends garde à ce que tu diras : tu pourrais t'en repentir.

Nelly s'éloigna en riant, sans se préoccuper de cette menace.

La distribution des prix devait avoir lieu le soir. M. Delmas et sa femme arrivèrent, et après un assez long entretien avec madame Belcourt, ils firent appeler Berthe. Celle-ci arriva, et trouva sa maman qui pleurait. Son père lui reprocha sa mauvaise conduite et la gronda sévèrement ; mais il se garda bien de lui dire qu'elle ne reviendrait plus à la pension, car elle aurait été triomphante. D'ailleurs il espérait qu'elle se corrigerait pendant les vacances, et que madame Belcourt voudrait bien encore la recevoir. Madame Delmas lui fit de tendres remontrances, et lui témoigna toute la douleur que lui causait son mauvais caractère.

— Faut-il, lui dit-elle, que je sois ici la seule mère condamnée à pleurer, lorsque toutes sont dans la joie ?

Berthe se taisait, et paraissait plus ennuyée que touchée des larmes de sa maman. Enfin l'heure arriva ; chaque élève se rendit à sa place, et la petite fête commença. Bientôt l'on procéda à la distribution des prix. Berthe y assistait pour la première fois. Lorsqu'elle entendit les applaudissements que l'on donnait à ses compagnes, lorsqu'elle vit la joie qui brillait dans leurs yeux et dans ceux de leurs parents, alors qu'ils les voyaient chargées de couronnes et de livres, le dépit et la jalousie se réveillèrent dans son cœur, plus fort que jamais. Le tour de sa classe arriva. Ce fut alors bien autre chose ; il lui sembla que tous ceux qui étaient présents se moquaient d'elle et se la montraient les uns aux autres. Elle crut voir dans la joie de ses compagnes une insulte à son chagrin, à son dépit; il n'en était rien cependant, et personne même ne faisait attention à elle; mais son imagination, enflammée par le dépit, lui montrait toutes ces choses. Nelly, son ennemie particulière, avait eu tous les premiers prix de la classe, et par-dessus tout le prix de sagesse, qui consistait en un très beau livre et une couronne de fleurs. Par malheur elle se trouvait placée près de Berthe, qui bondissait sur son banc chaque fois qu'elle l'entendait nommer. Appelée une dernière fois, Nelly, qui ne pouvait porter tous ses prix tant ils étaient nombreux, les déposa à sa place, et courut recevoir une nouvelle couronne. Berthe, furieuse de ses succès, et se rappelant la question railleuse de Nelly, profita de son absence pour lui faire une malice. Elle prit sa belle couronne, et se baissant comme pour ramasser quelque chose, elle l'effeuilla sous ses pieds; puis, saisissant le prix de sagesse qui était à part, elle cracha dessus, barbouilla la couverture, froissa les pages entre ses doigts et en déchira quelques-unes. Ce fut ce qui la perdit; les autres élèves entendant déchirer du papier, se tournèrent vers elle avant qu'elle eût le temps de reposer le livre à sa place.

Nelly, qui arrivait en ce moment, voyant sa couronne effeuillée et son livre sali et déchiré, se mit à pleurer. Il y eut alors un sourd murmure dans

ce coin. Les élèves parlaient vivement entre elles,
les autres se penchaient pour voir ; enfin madame
Belcourt, voulant savoir ce qui se passait dans ce
coin, s'approcha de ce groupe. Nelly alors lui montra les débris de sa couronne, et son beau livre
déchiré. Une vingtaine de voix à la fois accusèrent Gripette. Gripette ne savait quelle contenance
tenir ; elle voyait cette fois, à n'en pas douter,
tous les regards de l'assemblée fixés sur elle, et
en particulier ceux de son père et de sa mère, qui,
ne pouvant supporter un pareil spectacle, se levè-
rent et sortirent de la salle. Leur fille, chassée par
madame Belcourt, les rejoignit bientôt, poursui-
vie par l'indignation de tout le monde. Elle dut
traverser toute l'assemblée, et recueillit sur son
passage une foule d'épithètes qui la couvrirent de
confusion.

— Oh ! la méchante fille ! disait celle-ci.

— Fi ! la vilaine guêpe ! reprenait celle-là.

— Comme elle est laide de malice ! disait une
autre.

— Tiens ! c'est Gripette, ajoutait la mère de
quelque élève qui avait eu à souffrir quelque ava-
nie de sa part. Que ses parents sont à plaindre !

Ce fut au milieu de ce concert de mauvais com-
pliments que Berthe arriva dans le parloir, acca-
blée de honte et la rage dans le cœur. Son père in-
digné la prit brusquement par la main et se hâta
de s'éloigner avec elle, afin de n'être pas reconnu
pour l'auteur de ses jours, tant il rougissait d'a-
voir une fille si détestable. Madame Delmas les

suivit en pleurant, et tomba malade de chagrin en arrivant chez elle. Bertho emportait le mépris et l'aversion de tout le monde. Elle ne laissa de regrets que dans le cœur de l'excellente Louise, qui se désolait de la savoir si méchante.

Cependant cette dernière leçon fut profitable à Bertho, et l'on dit que la honte de s'être vue ainsi bafouée de tout le monde, jointe à la sévérité de son père et aux tendres remontrances de sa mère, la fit rentrer en elle-même, et qu'elle fut si frappée de voir qu'on la fuyait et qu'on la détestait généralement, qu'elle prit enfin le parti de se corriger. L'on assure même qu'elle devint, par la suite, une tendre fille, une bonne sœur et une excellente élève.

MARCELLIN LE MENTEUR

Monsieur Brouck, négociant, avait un fils, nommé Gabriel, qui aurait pu passer pour un aimable enfant, s'il n'eût pas le défaut de mentir. Cette funeste disposition à déguiser toujours la vérité, faisait croire à ses parents qu'il était faux, rusé et dangereux.

Gabriel, puni sévèrement pour ses mensonges, vivait très malheureux : sa mère lui refusait ses caresses ; son père, homme droit et sincère, le traitait avec la dernière rigueur ; les domestiques même, victimes de ses faux rapports, ne voulaient avoir aucune communication avec lui.

Le négociant, comme tous les bons pères avait épuisé les remontrances et les reproches avant d'en venir aux corrections ; mais, si les unes avaient manqué leur effet sur cet enfant rétif, les autres, au lieu de le corriger, lui aigrissaient le caractère et lui faisaient chercher de nouveaux détours pour y échapper.

Monsieur Brouck s'affligeait réellement de voir
son fils unique, l'héritier de sa fortune, s'obstiner
à garder un défaut si bas, qui, dans la suite, le
rendrait méprisable aux yeux des honnêtes gens
et suspect à tout le monde : car, si la franchise
plaît dans le commerce de la vie, elle n'est pas
moins utile pour établir la confiance, et par cela
même contribuer à la fortune.

Monsieur Brouck se flatta que l'âge et la raison
feraient changer Gabriel. Fatigué des corrections,
ce bon père forma un nouveau plan : l'enfant cessa
d'être puni pour ses mensonges ; on fit semblant
de ne pas s'en apercevoir. L'ayant laissé quelque
temps à lui-même, monsieur Brouck essaya de
l'attaquer dans son propre cœur ; il piqua son
amour-propre, lui prouva, par des exemples, les
conséquences horribles du mensonge, et l'amena
enfin à faire de sérieuses réflexions.

Reconnaître ses fautes c'est faire un grand pas
vers le bien : Gabriel commençait à rougir lorsqu'on parlait devant lui d'un menteur ; dès lors
monsieur Brouck ne désespéra plus de son chan-
gement.

Tout occupé de son fils, le négociant sortit un
jour de la ville et fut se promener dans la campa-
gne. Il marchait au hasard, enseveli dans ses pen-
sés, quand ses pas le conduisirent auprès d'une
caverne, qui semblait le repaire des bêtes féroces.
Une pluie assez forte engagea monsieur Brouck à
y chercher un abri. D'abord le négociant s'arrêta
à l'entrée ; mais un léger bruit lui ayant fait tour-

4

ner la tête, il aperçut que cette cavité, assez spa-
cieuse, avait la forme d'une chambre, et qu'un
trou pratiqué au milieu donnait passage à la fu-
mée de quelques branches sèches qui brûlaient
encore. Monsieur Brouck conjectura que ce lieu,
quel qu'il fût, était habité. En regardant avec
plus d'attention, le négociant vit des armes, des
débris de chassé, puis enfin un homme, ou plutôt
un sauvage, étendu sur un lit. Cet homme, d'une
maigreur affreuse, noir, presque nu, avait une
barbe qui lui couvrait toute la figure.

Cet aspect imprévu étonna monsieur Brouck ; il
prit cet homme pour un brigand. Comme il était
sans armes, il allait s'en aller au plus vite, quand
l'inconnu, d'une voix sépulcrale et touchante, le
pria de ne pas quitter ce lieu sans avoir pitié de
lui !... Monsieur Brouck se sentit ému. Oubliant le
danger auquel il s'exposait, il entra et vit que ce
malheureux, qui l'avait effrayé, était près de mourir !.....

« Qui que vous soyez, Monsieur, lui dit cet
homme, soulagez-moi ; j'expire de besoin. Depuis
longtemps la chasse m'a fourni de quoi me nour-
rir ; mais la fièvre est venue me clouer sur ce lit
de douleur. Il y a trois jours qu'une soif ardente
fait mon supplice, sans que j'aie eu la force de me
traîner auprès du ruisseau qui sort du rocher voisin. » Monsieur Brouck alla puiser de l'eau, et revint auprès du moribond, qui but avec avidité.

Quand l'inconnu eut apaisé sa soif, il dit en joignant les mains : « Que le ciel vous récompense,

ô vous dont l'humanité ne vous a pas permis de méconnaître un *homme* dans l'infortuné qui vous parle!... Puis il ajouta : « Je vais mourir; je n'ai plus rien à ménager... Veuillez, Monsieur, me rendre encore un service : prenez ce portefeuille, et quand je ne serai plus, soyez assez bon pour envoyer à ma famille les papiers qu'il renferme. » Monsieur Brouck lui promit de s'acquitter scrupuleusement de sa commission. « Mais, ajouta le négociant, vous parlez de mourir, votre état ne me paraît pas désespéré; souffrez que je vous envoie un homme de l'art et les secours dont vous avez besoin. — A moi! s'écria ce malheureux d'un ton de voix déchirant; quoi! vous vous intéressez à moi!... Il y a si longtemps que je suis privé de l'amitié de mes semblables!... »

L'étranger était si ému en prononçant ces mots, que monsieur Brouck craignit que ce moment de sensibilité ne lui devînt funeste. Il se hâta de mettre auprès de lui un vase plein d'eau, et retourna à la ville, d'où il revint bientôt avec un médecin et un prêtre, chargés de pourvoir aux premiers besoins du malade.

La fièvre commençait à céder. Le médecin ne trouva point cet homme dans un état dangereux; il dit à monsieur Brouck que l'inconnu n'avait pas trente ans; chose étonnante au négociant, et qui augmenta le désir qu'il avait de connaître ses aventures. Tranquille sur l'état du malade, monsieur Brouck ne crut pas devoir garder son portefeuille : il le lui rendit à l'heure même.

Par les soins généreux du négociant, et par les consolations de la foi, l'inconnu reprit ses forces. Sa caverne, pourvue des objets les plus nécessaires, put lui suffire pour le moment.

Cependant monsieur Brouck pensait à faire sortir son protégé de ce triste lieu, quand celui-ci, entraîné par sa reconnaissance, lui dit un jour : « Monsieur, en vous donnant mon portefeuille, je vous faisais dépositaire de mes secrets ; je n'en ai point d'autres que l'histoire de ma vie, qui y est renfermée. Votre délicatesse ne vous a pas permis de l'ouvrir ; mais je me dois à moi-même de vous donner toute ma confiance ; et, bien qu'il m'en coûte, si vous le permettez, je vous ferai lire au fond de mon âme : un seul défaut m'a précipité dans l'abîme où je suis : c'est le *mensonge...* »

A ces mots, monsieur Brouck arrêta l'inconnu : « Si, lui dit-il, vous attachez quelque prix à ce que j'ai fait pour vous, il vous est facile de vous acquitter envers moi et même d'acquérir des droits à ma reconnaissance, en permettant que mon fils soit présent au récit que vous voulez bien me faire. » L'inconnu y ayant consenti, monsieur Brouck le laissa encore dans sa caverne, avec sa longue barbe et tout ce qui pouvait frapper l'imagination d'un enfant. Il lui dit adieu, et lui promit de le revoir le lendemain.

Arrivé à sa maison, monsieur Brouck raconta a sa femme la rencontre qu'il avait faite ; il lui fit apercevoir l'avantage qui pourrait en résulter pour leur fils.

Le lendemain, sous prétexte d'une promenade, le négociant mena Gabriel à la caverne. L'enfant recula en voyant l'inconnu!... Mais celui-ci, s'adressant à monsieur Brouck, lui exprima sa reconnaissance dans des termes si convenables, il montra une sensibilité si vraie, que Gabriel, qui n'avait plus peur, commença à croire que l'infortuné qui gisait devant lui méritait toute sa compassion ; il comprit même que son père lui avait sauvé la vie.

Après que monsieur Brouck se fut assuré que l'inconnu avait assez de force pour parler quelque temps, il s'assit, et l'étranger conta ainsi son histoire.

« On me nomme *Marcellin*. Je suis né dans la Normandie. Mon père, appelé Pierre Leroi, maître tanneur à Valogne, département de la Manche, à trois lieues de la mer, prospérait dans son état, quand mon mauvais destin voulut que je fisse son malheur par mes défauts : le plus grand de tous était le *mensonge*... » Ici Gabriel fut tout-à-fait déconcerté : il rougit jusqu'au blanc des yeux, mais son père ne fit pas semblant de s'en apercevoir ; l'inconnu continua :

» Dans ma première enfance, je mentis pour m'excuser ; voyant que cela me réussissait, je continuai mes mensonges pour éviter d'être puni. Trop occupés de leur maison, mon père et ma mère n'avaient pas le temps d'éclaircir la vérité, et je formai insensiblement la dangereuse habitude de mentir. Je trouvais commode d'échapper

par un détour à une correction méritée, et de me
venger en même temps de mes sœurs en leur im-
putant mes torts : c'est ainsi que le mensonge
mène à la calomnie. Comme j'étais le plus jeune,
ma mère me donnait toujours gain de cause; et
dès ce temps-là, je devins pour mes deux aînées
un objet d'aversion.

» Tout ce que l'on passe aux enfants tire à conséquence pour l'avenir; le faible de ma mère ne
m'échappa pas, non plus que l'éloignement de
mes sœurs. Quand celles-ci me faisaient du chagrin, j'inventais une histoire contre elles, mais si
bien tournée, que ma mère, à qui je m'adressais,
me croyant sur parole, les corrigeait sévèrement :
persuadée qu'un enfant de mon âge était incapable
de dire à plaisir et méchamment une chose fausse.

» Après avoir essayé mon talent sur mes aînées,
je forgeai des histoires sur tout le monde. La surprise de ceux qui m'écoutaient me faisait rire; je
m'amusais encore plus d'entendre mes mensonges
répétés sérieusement par de graves personnages;
il me parut très plaisant à mon âge d'intriguer
tout une ville! J'étais déjà un vrai boute-feu!...
Cependant il y avait des gens assez sots pour dire
que je pétillais d'esprit! Comme je devenais chaque jour plus astucieux, je crus en avoir effectivement beaucoup.

» Avec le temps plusieurs faussetés se découvri-
rent; ma mère me gronda, mais je ne fis aucune
attention à ses reproches; au contraire, le rôle que

j'avais joué me parut si piquant, que je résolus de
le continuer.

» Un jour, je fus avec un ami de ma famille,
chez un de ses débiteurs, pour toucher une lettre
de change de mille francs. Le débiteur, homme de
mauvaise foi, prit le billet et l'avala... Notre ami
perdit sa cause devant les tribunaux, parce que
mon témoignage ne pouvait valoir en justice, en
raison de mon caractère.

» Instruit de l'affront que j'avais reçu, mon
père, sensible à l'honneur, entra dans une affreuse
colère!... Il me signifia de changer de conduite; il
me menaça même de me corriger de manière à
m'en faire souvenir, au premier mensonge qui
viendrait à sa connaissance; mais il s'y prenait
trop tard!...

» J'étais d'âge à prendre un état. Mon père s'i-
magina qu'en me mettant dans une boutique, je
m'efforcerais de détruire un défaut si contraire à
mes véritables intérêts. En conséquence, il m'envoya à Saint-Lô, chef-lieu de préfecture de notre
département; mais, ceux de mon pays qui venaient acheter dans le magasin, riaient en me
voyant : « Vous êtes bien tombé, disaient-ils au
maître : *menteur, voleur!* » Cette mauvaise plai-
santerie fit réfléchir le marchand; il s'informa de
moi d'une manière particulière, et me congédia, à
cause de ma mauvaise réputation.

« Retourné dans mon pays, je dis à mon père
que sachant un peu de latin, je désirais être placé
chez un procureur. Pierre Leroi, qui n'avait rien

tant à cœur que de m'éloigner, saisit cette occasion avec empressement. Il m'envoya à Paris, où il me plaça chez un homme de sa connaissance.

» Je ne fus pas deux mois chez mon procureur sans faire des miennes : la chicane était mon élément : j'excellais à embrouiller les choses les plus claires... Je plus beaucoup à mon patron par la tournure de mon esprit ; mais je ne réussis pas de même avec ses clients : ils s'aperçurent des détours que j'employais, et quoique je leur soutinsse en face qu'ils avaient tort, mon effronterie ne me servit de rien : l'étude devint déserte... Mon procureur me renvoya, bien malgré lui, dans mon département.

» Cette fois, je n'osai pas retourner à Valogne. Je me flattai d'avoir de l'occupation à Paris, où tant de mauvais sujets vivent aux dépens des honnêtes gens. Avec beaucoup de hardiesse, de la tournure, une figure passable, un peu d'instruction et une belle main, je trouvai bien vite une place de commis marchand. Je ne craignais plus les habitants de Valogne. ni mon père ; là, je mentis tout à mon aise... Le marchand, m'ayant pris en faute plusieurs fois, me traita fort mal, et me chassa !... Il eut même la cruauté de me défendre de me réclamer de lui ; alléguant qu'un *menteur est pire qu'un voleur.*

» Chez cet homme, j'avais fait la connaissance d'un fils de famille, peu scrupuleux sur ce qu'il appelait *mes plaisanteries :* il me prit pour son secrétaire.

» Je commençais à respirer; je n'avais jamais
l été si bien; mais un des clients de mon procureur
m'ayant reconnu, avertit monsieur D..., et je fus
encore *remercié* à cause de ma mauvaise réputation. Monsieur D... ne pouvait se résoudre, disait-
il, à laisser auprès de son fils un jeune homme
faux et menteur.

» J'entrai ensuite dans différentes maisons;
d'où je sortis avec la même promptitude : je commençais à être connu. Quand on me voyait : C'est
un menteur, se disait-on à l'oreille; un jeune
homme avec cet horrible défaut ne doit pas rester
chez d'honnêtes gens. Tout le monde me fuyait
comme un pestiféré!...

» Je me lassai enfin d'un rôle qui m'attirait
tant de désagréments, mais sans faire aucun effort
pour me corriger. Cependant les maux causés par
mes éternels mensonges s'accumulaient sur ma
tête! J'avais ruiné le crédit des uns, perdu les autres de réputation, suscité des querelles dans les
familles, révolté les enfants contre leur père, aigri
les pères contre les enfants! j'étais un monstre...
même à mes propres yeux!... Mais, mon détestable caractère agissait presqu'à mon insu, tant l'habitude de mentir était enracinée dans mon cœur.

» J'avais encore quelqu'argent; je quittai Paris,
sans être plus heureux ailleurs. Ce n'est pas que
le sort me fût contraire : j'étais accepté et occupé
partout; mais on me faisait un crime de tromper
sur ma naissance et mon pays; on trouvait mauvais que je prisse un faux nom; cependant, dans

cette circonstance, je me croyais excusable; car je craignais des informations dont le résultat n'eût pas été à mon avantage.

» J'eus beau faire, il se trouvait toujours quelqu'un qui me connaissait; aussitôt j'étais démasqué et chassé comme un intrigant.

» Ne pouvant rester nulle part, je pris le parti de m'engager. Il y avait un mois que j'étais dans mon corps, quand un de mes camarades d'enfance, habitant de Valogne, entra dans le régiment et conta mes aventures. Depuis cet instant, je ne pouvais plus ouvrir la bouche qu'on ne s'écriât : *C'est un menteur !*... Ce concert d'opinion me déplut; je fis le mutin et je tuai un de mes camarades. Après cette mauvaise action, ayant horreur de moi-même, je désertai.

» J'appris en route le décret qui venait d'être rendu; je n'osais pas me faire voir. Je sus que mon père et ma mère étaient morts; que mes sœurs, mariées depuis peu, s'étaient partagé mon bien, et que personne n'avait pris mes intérêts. La sentence qui pesait sur moi m'empêcha de faire valoir mes droits. Je vins me réfugier ici, en attendant un temps plus favorable. J'y suis depuis six mois; je vis de ma chasse, et je dispute ma nourriture aux animaux de la forêt. Vous le savez, Monsieur, j'allais périr, si votre humanité ne vous eût parlé en ma faveur...

» J'ose attester que mon récit est véritable; il est contenu tel que je vous l'ai fait dans le cahier que voici. » En même temps, Marcellin ouvrit son portefeuille et présenta à monsieur Brouck les mémoires de sa vie.

Mais tel est l'effet que produit un menteur, que l'honnête négociant douta encore de la vérité de ce que Marcellin lui avait dit.

Le malheureux jeune homme, sans doute bien corrigé, devait porter jusqu'au tombeau la peine de ses mensonges. Monsieur Brouck obtint sa grâce; il le fit rentrer dans les biens de son père; mais il cessa ensuite tout commerce avec lui, ne pouvant se fier ni à la parole ni même aux actions d'un *menteur*. .

Rejeté de la société des honnêtes gens, Marcellin ne put ni vivre heureux ni se réhabiliter dans le monde. Il mourut en maudissant ses mauvaises inclinations.

Quant à Gabriel, l'histoire du menteur lui fit une telle impression qu'il fut guéri pour toujours du défaut qu'il avait eu jusqu'alors. A la seule apparence d'un mensonge, son père lui disait : « Mon fils, souviens-toi de Marcellin!... »

FIN.

TABLE.

—

FIN DE LA TABLE.

Limoges. — Imp. E. ARDANT et Cⁱᵉ

www.ingramcontent.com/pod-product-compliance
Lightning Source LLC
Chambersburg PA
CBHW071249210626
46818CB00013B/622